Chers amis rongeurs
bienvenue dans le monde de

Geronimo Stilton

- nº L53436C

Texte de Geronimo Stilton.
*Basé sur une idée originale d'*Elisabetta Dami.
Coordination éditoriale de Piccolo Tao *et* Topatty Paciccia.
Édition de Topatty Paciccia, Eugenia Dami *et* Serena Bellani.
Coordination artistique de Gògo Gó. *Assistance artistique
de* Lara Martinelli.
Couverture de Lorenzo Chiavini.
Illustrations intérieures de Danilo Barozzi, Silvia Bigolin *et* Francesco
Castelli *(graphisme),* Christian Aliprandi *(couleurs). Cartes :* Archivio
Piemme.
Graphisme de Merenguita Gingermouse, Michela Battaglin
et Yuko Egusa.
Traduction de Titi Plumederat.

Les noms, personnages et intrigues de Geronimo Stilton sont déposés. Geronimo Stilton est une marque
commerciale, licence exclusive des Éditions Piemme S.P.A. Tous droits réservés.
Le droit moral de l'auteur est inaliénable.

www.geronimostilton.com

Pour l'édition originale :
© 2006, 2008 pour la nouvelle édition, Edizioni Piemme S.p.A. – Via Galeotto del Carretto, 10 –
15033 Casale Monferrato (AL) – Italie – www.edizpiemme.it – info@edizpiemme.it –
sous le titre *Il mistero degli elfi*
International rights © Atlantyca S.p.A. – Via Leopardi, 8 – 20123 Milan, Italie
www.atlantyca.com – contact : Foreignrights@atlantyca.it
Pour l'édition française :
© 2009 Albin Michel Jeunesse – 22, rue Huyghens, 75014 Paris – www.albin-michel.fr
Loi 49-956 du 16 juillet 1949 sur les publications destinées à la jeunesse
Dépôt légal : second semestre 2009
N° d'édition : 18470/4
ISBN-13 : 978 2 226 19207 3
Imprimé en France par Pollina S.A., 85400 Luçon en mars 2010

Stilton est le nom d'un célèbre fromage anglais. C'est une marque déposée de Stilton Cheese Maker's
Association. Pour plus d'information, vous pouvez consulter le site www.stiltoncheese.com

Geronimo Stilton

UN NOËL ASSOURISSANT !

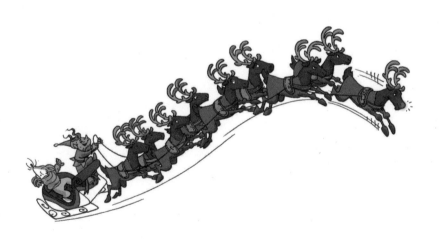

ALBIN MICHEL JEUNESSE

GERONIMO STILTON
SOURIS INTELLECTUELLE,
DIRECTEUR DE *L'ÉCHO DU RONGEUR*

TÉA STILTON
SPORTIVE ET DYNAMIQUE,
ENVOYÉE SPÉCIALE DE *L'ÉCHO DU RONGEUR*

TRAQUENARD STILTON
INSUPPORTABLE ET FARCEUR,
COUSIN DE GERONIMO

BENJAMIN STILTON
TENDRE ET AFFECTUEUX,
NEVEU DE GERONIMO

LA NEIGE TOMBAIT SUR SOURISIA…

C'était une glaciale matinée de *DÉCEMBRE*.
À Sourisia, la ville des Souris, il avait neigé toute
la nuit, et il neigeait encore…
OOOH, TOUTE CETTE NEIGE !

J'arrivai au bureau et... oh, excusez-moi, je ne me suis pas encore présenté : mon nom est Stilton, *Geronimo Stilton* !

Je dirige *l'Écho du rongeur*, le plus célèbre journal de l'île des Souris !

Je disais donc que j'arrivai au bureau.

Je me mis aussitôt au travail, mais *quelqu'un* frappa à la porte... c'était mon grand-père **Honoré Tourneboulé**, alias **Panzer** !

C'est lui qui a fondé *l'Écho du rongeur* il y a bien des années de cela. Désormais, il occupe ses journées à jouer au golf, mais il passe souvent au bureau pour « ...vérifier si Geronimo se comporte comme il faut ! » C'est un gars, *ou plutôt un rat*, très sévère, mais il m'a appris **TANT** de choses importantes... Par exemple, la valeur du travail honnête.

Honoré Tourneboulé

Sa devise, c'est : « La malchance n'existe pas, il suffit de travailler, travailler, TRAVAILLER ! »

Avant que j'aie eu le temps de chicoter « Salut, grand-père », il était entré comme une fusée dans *mon* bureau… s'était assis à *ma* table… et prenait des notes avec *mon* stylo plume… sur *mon* carnet… tout en sirotant *mon* thé… et en grignotant *mes* biscuits au roquefort !!!

Il me donna une pichenette sur les moustaches, qui vibrèrent :

– Alors, gamin, tu travailles… ou tu fais semblant ?

Je soupirai :

– Grand-père, je travaille pour de bon ! Plus on approche de Noël, PLUS IL Y A DE CHOSES À FAIRE… ET JE DOIS TOUT FAIRE MOI-MÊME !

– Gamin, je t'ai à l'œil, tu sais. Ou je ne m'appelle plus **Honoré Tourneboulé** ! Travaille, travaille,

travaille, sinon j'arrête de jouer au golf et je reviens diriger le journal !

Je PÂLIS (mon pire cauchemar, c'est que grand-père revienne diriger *l'Écho du rongeur*).

– Grand-père, je t'assure que je TRAVAILLE, TRAVAILLE, TRAVAILLE... Continue donc à jouer, jouer, jouer au golf ! C'est excellent pour ta santé !

Il s'en alla.

Et je me remis au travail.

JE SUIS UN GARS,
OU PLUTÔT UN RAT...
TRÈS OCCUPÉ !

Les jours suivants, la NEIGE tombait toujours.
Ce fut, pour moi, une période frénétique : pour
tenir la promesse que j'avais faite à grand-père,
je me plongeai encore plus dans le travail.
Du matin au soir...

Je signais des chèques !

Je donnais des interviews !

J'étudiais des contrats !

J'écrivais des articles

Je relisais des MANUSCRITS !

J'organisais des réunions !

Je répondais au téléphone !

Je lisais le courrier !

Je dictais des lettres !

J'étais fatigué, et même très fatigué ! Je me levais à l'AUBE, courais aussitôt au bureau et travaillais jusqu'à minuit.

Je ne m'arrêtais même pas pour manger, je grignotais un sandwich au fromage en travaillant. Quand, enfin, je rentrais chez moi, je fourrais mon museau sous les couvertures et m'endormais comme une masse.

Les jours passaient, ou, plutôt, volaient... et j'étais de plus en plus fatigué. Mais je devais travailler, travailler, travailler !

IL Y AVAIT TANT DE CHOSES À FAIRE... ET JE DEVAIS TOUT FAIRE MOI-MÊME !

Je me levais à l'aube...

... travaillais jusqu'au soir...

... et m'endormais comme une masse !

PAR MILLE MIMOLETTES...
J'AI OUBLIÉ L'INVITATION
DE BENJAMIN !

La **NEIGE** tombait toujours.

Le matin du 24 décembre, en lisant le courrier accumulé, je tombai sur une *lettre* de mon neveu Benjamin. *Par mille mimolettes,* c'était l'invitation à son spectacle de Noël !

Je me donnai une claque sur le front.

– Quoiii ? Le 24 décembre ? Mais c'est aujourd'hui ! *Raperli-popette,* je l'avais

Cher oncle Geronimo,
peux-tu venir assister
au spectacle de mon
école, le 24 décembre
à 9 heures ?

Salut, Benjamin

complètement oublié. C'est la faute à tout ce **travail** !

Je courus jusqu'à l'école de Benjamin, mais le spectacle venait de se terminer au moment où j'arrivais. TOUS les enfants et tous les parents étaient partis.

La maîtresse me gronda :

– Monsieur Stilton, vous ne pouviez pas arriver plus tôt ?

Je bredouillai :

– Euh, excusez-moi, mais je...

Benjamin me regarda tristement.

– Tonton, tu avais promis d'assister à mon spectacle ! Et tu dis toujours que... *il faut tenir ses promesses !*

– *Ma petite lichette d'emmental*, pour me faire pardonner, je vais t'offrir un très beau cadeau !

Je l'emmenai dans le magasin le plus fourni de la ville. Il était bourré à craquer de JOUETS !

Mais Benjamin paraissait t r i s t e et ne voulut pas que je lui achète même un petit jouet.

Je le raccompagnai chez lui (il habite avec *tante Toupie*) et je lui dis au revoir :

– Salut, Benjamin !

Il me répondit mollement :

– Salut, oncle Geronimo.

En m'éloignant, *je* me retournai pour lui faire un signe, mais *lui* ne se retourna pas.

Je rentrai au bureau.

IL Y AVAIT TANT DE CHOSES À FAIRE... ET JE DEVAIS TOUT FAIRE MOI-MÊME !

Choisis ce qui te fait plaisir !

JE N'AI PAS DE TEMPS POUR LES SURPRISES !

La **NEIGE** tombait toujours.

La ville était couverte d'un épais manteau de neige, blanc et moelleux.

J'étais assis à mon bureau et j'essayais de me concentrer sur une pile de factures. Pfff, quel ennui !

Mais je ne pouvais **ABSOLUMENT** pas m'arrêter.

Il fallait que je travaille, travaille, travaille...

Soudain, on frappa à la porte.

Qui donc venait me déranger ?

Qui ?

Qui ??

Qui ???

Un facteur me remit un **GROS** carton jaune imprimé d'innombrables petites bananes.

J'entendis une petite voix :

– *Coucou coucou coucou* !

Je regardai autour de moi, mais ne vis personne.

Puis la petite voix reprit :

– Salut, Stilton*itou* ! Devine qui c'est ! *Coucou coucou coucou* !

Un rongeur au pelage **GRIS SMOG**, au museau pointu et aux moustaches luisantes de brillantine bondit hors du carton.

C'était mon ami **Farfouin Scouit** !
Il me fit un clin d'œil.

– Pssst, Stilton*itou*, tu as aimé la *'tite* blague ? Je voulais te souhaiter un *'tit* Noël, et je suis venu t'apporter un *'tit* CADEAU !
Il me tendit un paquet.

À ce moment, quelqu'un **TOQUA** au carreau de la fenêtre. Impossible... et pourtant il y avait vraiment QUELQU'UN de l'autre côté de la fenêtre.

Comment avait-il fait pour arriver là ?

J'ouvris et je vis un rongeur *hyper*-musclé, *hyper*-tonique, *hyper*-entraîné, *hyper*-athlétique, *hyper*-tatoué, *hyper*-baraqué, *hyper*-costaud, *hyper*-dynamique, *hyper*-énergique, *hyper*-souriant accroché à l'appui de fenêtre.

C'était mon ami **CHACAL** !
Il **HURLA**, débordant d'enthousiasme :
– Eh, Cancoyote, je me suis fait parachuter sur le toit de *l'Écho du rongeur*, puis je suis descendu en rappel avec une **CORDE** jusqu'à ton bureau pour te souhaiter des vœux hypervitaminés de Noël ! Et, surtout, pour t'apporter moi-même un magnifique **CADEAU** !

C'est alors qu'une voix très douce entonna :
– Joyeux Noël à toi, cher Geronimo !
J'ouvris la porte et je vis une rongeuse au pelage ambré et dont les yeux brillaient comme les étoiles du ciel africain : elle me fit un sourire ensorcelant.
Elle fleurait un délicat PARFUM d'eau de Cologne au camembert.
Je la reconnus : c'était Makéba Star !

Scouiiiit ???

Joyeux Noël !

C'est une chanteuse très célèbre : elle a la plus belle voix de l'île des Souris !

Ses 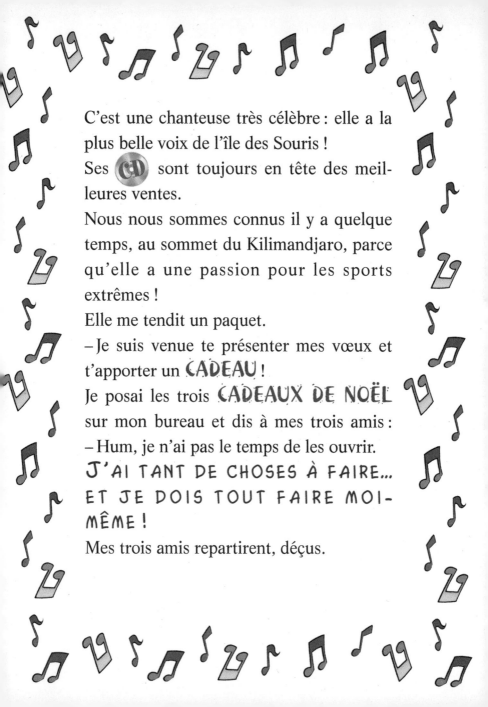 sont toujours en tête des meilleures ventes.

Nous nous sommes connus il y a quelque temps, au sommet du Kilimandjaro, parce qu'elle a une passion pour les sports extrêmes !

Elle me tendit un paquet.

– Je suis venue te présenter mes vœux et t'apporter un CADEAU !

Je posai les trois CADEAUX DE NOËL sur mon bureau et dis à mes trois amis :

– Hum, je n'ai pas le temps de les ouvrir. J'AI TANT DE CHOSES À FAIRE... ET JE DOIS TOUT FAIRE MOI-MÊME !

Mes trois amis repartirent, déçus.

JE N'AI PAS LE TEMPS DE PARTIR EN VOYAGE !

La **NEIGE** tombait de plus en plus drue.

Tandis que je travaillais, je reçus la visite de mon amie Patty Spring : c'est une journaliste de la télévision qui consacre sa vie à la défense de l'environnement et des animaux. Patty est une *rongeuse fascinante* et… euh, eh bien, d'une certaine manière… on pourrait dire que nous sommes *très* amis, peut-être un peu *plus* qu'amis, enfin, bref, *moi*, j'ai un faible pour *elle* !

Il y en a qui disent que c'est ma *fiancée*.

Un jour… peut-être… qui sait… nous nous fiancerons.

Patty m'embrassa.

– Geronimo ! Veux-tu m'accompagner dans un voyage plein d'aventures ? Je vais en Australie,

TOURNER un documentaire sur les dauphins ! Tu te rends compte, là-bas, en ce moment, le soleil brille ! Alors qu'ici il **NEIGE** !

Je marmonnai :

– Hum, merci, je n'ai pas le temps. Je suis un gars, ou plutôt un rat, très occup...

Elle me coupa :

– Oui oui oui, je sais que tu es un gars, ou plutôt un rat, très occupé, mais il y a des choses plus importantes que le travail dans la vie.

Nous ne serons que tous les deux, toi et moi…

ce sera très romantique !

J'aurais bien aimé partir, mais en repensant à tout le travail qui m'attendait au bureau, je secouai la tête.

– Je n'ai pas le temps de partir en voyage ! J'AI TANT DE CHOSES À FAIRE… ET JE DOIS TOUT FAIRE MOI-MÊME !

Elle était déçue.

– Salut, G.

– Salut, Patty.

Elle s'en alla et je me remis au travail, soucieux.

J'AVAIS TANT DE CHOSES À FAIRE !

Je n'ai pas le temps de faire la fête !

Dehors, il continuait à NEIGER.

J'entendis des petits rires dans le couloir.

Qui était-ce ?

Qui riait ??

Ou plutôt… *qui perdait son temps à rire ???*

Soudain, la porte s'ouvrit.

Tous mes collaborateurs de *l'Écho du rongeur* entonnèrent en chœur :

– Joyeux Noël, Geronimooo… Joyeux Noël à toiii !

Je soupirai :

– Pourquoi chantez-vous ?

Mini Tao était surprise :

– Mais c'est Noël !

Pimentine ajouta :

– *Meilleurs vœux !*

Patty Pattychat cria :

– *Joyeuses fêtes !*

Gogo Go hurla :

– *Plein de bonheur !*

Tous répétèrent en chœur :

– Bonheur ! Bonheur ! Bonheuuur !

Je m'écriai :

– ASSEZ !

Comme ils continuaient tous à chanter, je criai plus fort :

– ASSEEEEEEZ !

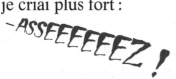

Un profond silence tomba dans la pièce. Tous mes collaborateurs me regardèrent, ahuris.

Je pris la parole :

Sourya Souriette

— Merci pour vos vœux, mais à présent, retournons tous au travail.

Sourya murmura, en brandissant une photo sous mon museau :

— Geronimo, l'année dernière, tu avais aimé la FÊTE, c'est même toi qui en avais eu l'idée !

Je répliquai :

La fête de l'année précédente !

– L'année dernière, c'était l'année dernière. Cette année, c'est cette année.
Matraquette referma la porte.
– Laissons-le tout seul, je ne sais pas ce qu'il
a... mais j'espère que ça lui passera vite !

Je me retrouvai seul dans mon bureau.
– Pfff ! Je suis désolé, mais... J'AI TANT DE
CHOSES À FAIRE !
Je m'assis à ma table et me remis au
travail.
Un silence de **tombe** régnait à *l'Écho du
rongeur*, comme si tout le monde était parti.
Je me levai et, sur la pointe des pattes, allai ouvrir
la porte... Tous mes collaborateurs étaient assis à
leur bureau et travaillaient en silence.
Les museaux étaient TRISTES.
Était-ce ma faute ?
Je refermai la porte. Ce n'était pas ma faute, je ne
faisais que mon travail, moi !
J'AVAIS TANT DE CHOSES À FAIRE !

« NOËL »,
C'EST VITE DIT...

La **NEIGE** continuait de tomber.

L'horloge de la place sonna **NEUF**, puis **DIX**, puis **ONZE** heures du soir...

Le temps volait, et j'étais toujours plongé dans mon travail.

Le téléphone sonna : Drin *drin* **drinnn** !

C'était mon cousin Traquenard, qui s'écria :

— Geronimo, que fais-tu encore au bureau ? Nous t'attendons pour le réveillon en famille !

Je marmonnai :

— Umpf, je n'ai pas le temps de réveillonner, je n'ai pas le temps de fêter **Noël**, je n'ai pas de temps à consacrer à ma famille. *Je suis un gars, ou*

Traquenard

plutôt un rat, très occupé !

Ma sœur Téa hurla :

– Geronimo ! Viens vite, pas d'excuses !

Tante Toupie m'implora :

– Mon neveu, sans **TOI**, Noël n'est pas vraiment Noël !

Tous mes parents essayèrent de me convaincre, mais ce fut inutile.

Téa

Tante Toupie

Grand-mère Rose

Fontina et Fondue

Oncle Demilord

Tante Margarine

Oncle Cancoillotte

DING DONG...

Ding Dong

Ding Dong

À travers les carreaux de la fenêtre, je voyais les flocons de **NEIGE** descendre lentement.

Je travaillai travaillai travaillai jusqu'à ce que j'entende l'horloge de la place sonner minuit.

Ding Dong Ding Dong Ding Dong
Ding Dong Ding Dong Ding Dong

J'étais épuisé et j'avais envie de rentrer chez moi.

Mais la pile de papiers sur mon bureau me fit changer d'avis : J'AVAIS TROP TROP TROP DE CHOSES À FAIRE !

Ding Dong Ding Dong Ding Dong Ding Dong Ding Dong Ding Dong Ding Dong Ding Dong Ding Dong Ding Dong Ding Dong Ding Dong Ding Dong Ding Dong

Je finis de répondre au courrier, je finis de lire les manuscrits, je finis de signer les contrats.

Mais il me restait encore à écrire une histoire sur le *véritable*esprit *de Noël,* pour le publier dans *l'Écho du rongeur*.

Pour me donner des idées, je feuilletai un livre intitulé « LA VÉRITABLE HISTOIRE DU PÈRE NOËL ! ».

Mais j'étais si fatigué que je m'endormis, le museau dans mon livre.

– **RONF**… l'histoire… **RONF**… du Père… **RONF**… Noël…

La véritable histoire du Père Noël !

D'après de très vieilles légendes, le Père Noël vit à Rovaniemi, en Laponie (Finlande).

Sa maison est bâtie dans un endroit très isolé et très secret, appelé Korvantunturi, ce qui, en finnois, signifie « montagne-oreille », parce que cette montagne a la forme de deux grandes oreilles de lapin. C'est là que le Père Noël écoute ce que disent tous les enfants du monde pour savoir lesquels méritent de recevoir des cadeaux.

Les elfes sont les assistants du Père Noël. Ils préparent les cadeaux que le Père Noël distribue à bord de son célèbre traîneau, tiré par ses fidèles rennes.

Les voici : ils sont neuf, et chacun a un nom qui rappelle s[...] principale qualité…

OUGUEUX

C'est le capitaine de l'équipe des rennes !

RODOLPHE

C'est le renne au nez rouge qui brille !

ÉCLAIR

Ses bois indiquent toujours la direction du pôle Nord !

COMÈTE

Il a évité une collision avec une comète !

DANSEUSE

Jumelle de Cabriole, elle adore danser !

CABRIOLE

Elle aussi, comme sa jumelle Danseuse, elle adore la danse !

TONNERRE

Il voudrait être le capitaine de l'équipe !

FRINGANTE

C'est le renne le plus gracieux et le plus acrobatique !

CUPIDON

Depuis plus de deux cents ans, c'est le fiancé de Fringante !

PAR MILLE BARBICHETTES DÉBARBICHÉES…

Je ne sais pas combien de temps je ronflai…
tout ce que je sais, c'est que je finis par me
réveiller.
Quelqu'un frappait au carreau : Toc toc !

Un drôle, un très drôle de museau s'écrasait contre la vitre !

Je hurlai, épouvanté…

- AAAAAAAAAAGH !

Une petite voix stridente s'écria :

– Eh, ouvre-moi, j'ai quelque chose à te dire !

Pour moi, **PAS** question d'ouvrir !

Une seconde plus tard, un nuage de suif s'échappa de la cheminée et *quelqu'un* en sortit en toussant.

C'était un **elfe** potelé, avec une barbichette et des yeux brillants comme des olives noires.

Il portait une veste verte, un pantalon vert et un bonnet vert avec un grelot d'argent.

Il marmonna :

– *Par mille barbichettes débarbichées…* quelle chute !

Puis il me considéra d'un air **méfiant**.

– Hum, ça doit être toi, la **souris**, non ?

Je répondis, étonné :

– En fait, mon nom est Stilton, *Geronimo Stilton*, mais…

L'elfe m'interrompit en bougonnant :

– Moi, je m'appelle Grassou, souris, et je suis envoyé par le Père Noël, qui t'invite à lui rendre visite !

– Quoiiii ? Le **Père Noël** veut me rencontrer ? Mais pourquoi ?

L'elfe conclut :

– Bah, il m'a dit qu'il t'expliquerait tout lui-même. Dépêche-toi, souris !

Je mis mon blouson et chicotai :

– Je suis prêt à partir !

LÀ-HAUT
DANS LES NUAGES

L'elfe sauta dans son traîneau tiré par **NEUF**
rennes et les encouragea :
– *Youhouuuuuuuuuuuuuu !*
Les rennes s'élancèrent en direction du ciel, en
planant joyeusement.
Nous montâmes, montâmes, montâmes jusqu'à
nous enfoncer dans des nuages blancs,
floconneux comme des
houppes de coton. Le vent me frisait
les moustaches… L'elfe se vanta :
– Tu aimes le traîneau, souris ? Regarde
les acrobaties que je sais faire !
J'avais la tête qui tournait.
– J'ai le vertige !

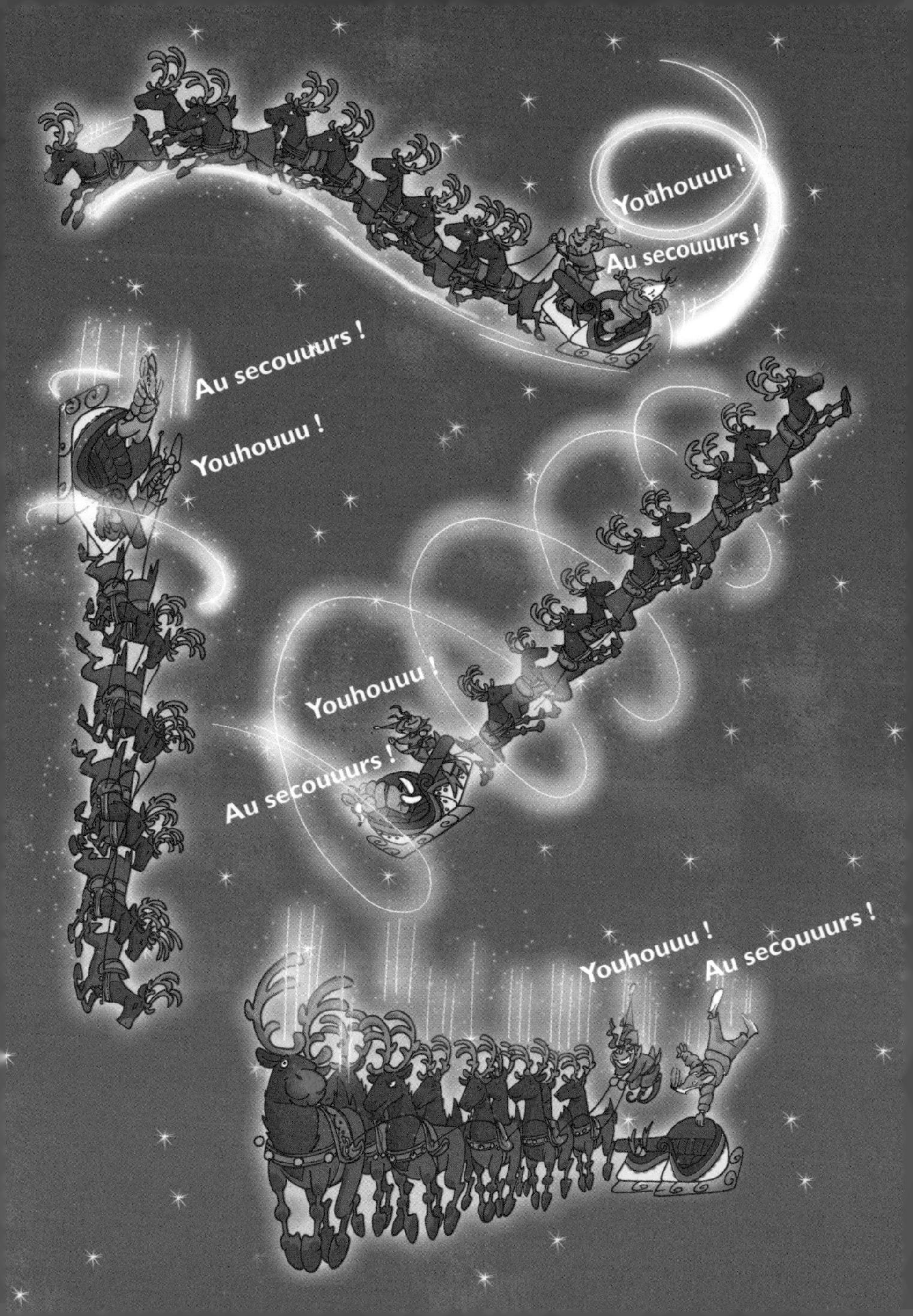
Youhouuu !
Au secouuurs !
Au secouuurs !
Youhouuu !
Youhouuu !
Au secouuurs !
Youhouuu !
Au secouuurs !

J'étais **VERT** comme un *LÉZARD* et mon estomac se retournait comme une chaussette !

Nous volions à une vitesse **SUPERSONIQUE**, toujours en direction du nord.

Tout en bas, le paysage changeait rapidement.

Brrrr, comme il faisait froid, maintenant !

Soudain, dans l'obscurité, je vis une immense étendue de **GLACE**, que les rayons de la lune faisaient scintiller comme un joyau.

Où étions-nous ?

Je l'ignorais.

Peut-être étions-nous arrivés au bout du monde...

Grassou fit atterrir les rennes sur une piste couverte de neige, au milieu d'une magnifique forêt de sapins.

MAIS OUI,
JE SUIS LE PÈRE NOËL !

L'elfe sauta du traîneau.

– Et maintenant, allons chez le Père Noël, *souris*. Il est pressé de faire ta connaissance (je me demande bien pourquoi).

J'étais très ému.

Qui aurait imaginé cela ?

J'allais rencontrer le **Père Noël** !

L'elfe s'arrêta devant une cabane en rondin et tira la sonnette : Ding Dong !

Puis l'elfe annonça :

– C'est moi, Grassou ! Je t'ai amené le gars,

enfin le rat, tu sais bien, le truc, enfin, lui, la *souris* !

– Euh, en fait, mon nom est Stilton, *Geronimo Stilton*...

Une voix répondit de l'intérieur :

– À la bonne heure ! Entre, cher Geronimo, je t'attendais...

Devant moi, assis dans un fauteuil, se tenait un bonhomme au ventre REBONDI, à la barbe et aux moustaches frisées.

Sur sa veste de LAINE ROUGE étaient brodés des sapins de Noël, et sur ses pantoufles, les initiales *P.N.*

Je demandai, hésitant :

– Euh, mais vous seriez... enfin... tu es... le Père Noël ?

Il éclata de rire :

– Mais oui, je suis le Père Noël ! Qui veux-tu que je sois, mulot ?!?

IL FAUT TOUJOURS TENIR SES PROMESSES !

Une voix féminine hurla :

– Ça suffit, maintenant, retourne te coucher, sinon tu ne GUÉRIRAS jamais ! Je t'avais pourtant bien dit de ne pas sortir sans mettre un chandail…

Sur le seuil parut une dame corpulente, aux yeux bleu ciel, portant de lourdes nattes et un tablier avec des décorations de Noël.

C'était *Greta*, la femme du Père Noël !

Elle me dévisagea.

– Qui es-tu ?

Je lui fis un baisemain.

– Madame, mon nom est Stilton, *Geronimo Stilton !*

Greta, la femme du Père Noël

Son visage s'éclaira.

– Étranger, nous t'attendions ! Assieds-toi, je vais t'offrir une bonne tasse de *chocolat* et des biscuits aux amandes !

Le Père Noël sourit.

– Le chocolat et les biscuits de Greta sont vraiment **uniques** !

– Euh, merci, ils sont très bons, en effet. Mais dis-moi, Père Noël, que puis-je faire pour toi ?

Le Père Noël soupira :

– Cher Geronimo, il m'est arrivé quelque chose d'**HORRIBLE**, une de ces choses qui n'arrivent que tous les cent cinquante ans et demi, une chose qui... bref, j'ai attrapé la rougeole ! Et il fallait que ce soit aujourd'hui, la veille de Noël !

Je balbutiai, ébahi :

– Quoiiii ? Tu as attrapé la rougeole ?

C'est alors seulement que je remarquai, sur son visage, plein de petites taches rouges !

Le Père Noël avec la rougeole

Greta soupira :

– Avec les elfes, nous avons travaillé toute l'année pour préparer des *milliers*, que dis-je ? des *millions*, que dis-je ? des **milliards** de jouets pour les enfants du monde entier. Mais comme le Père Noël est malade, il ne pourra pas tenir sa promesse de distribuer tous ces jouets !

Une **LARME** roula sur les moustaches du Père Noël.

– Et il faut **TOUJOURS** tenir ses promesses ! Surtout avec les enfants ! C'est pourquoi j'ai besoin de ton aide : c'est toi, Geronimo, qui vas distribuer les jouets à **TOUS** les enfants !

Je m'écriai :

– Quoiiiii ? Mais pourquoi moi ?

Il sourit.

– Parce que j'ai lu tous tes livres, et je sais qu'on peut compter sur toi ! Je les ai vraiment tous lus, tu sais !

J'adore tes blagues. Je les raconte toujours à mes rennes pour qu'ils restent JOYEUX !

J'étais très inquiet :

– Mais je suis incapable de te remplacer !

Greta me supplia :

– Tu dois promettre, Geronimo ! Nous avons besoin d'aide !

Je soupirai :

– Bon, d'accord, madame, je promets !

Le Père Noël écrivit quelques mots sur un parchemin, qu'il scella avec de la cire et qu'il me remit. Puis il ferma les YEUX et se mit à ronfler :

– RONF... maintenant... BZZZZZZZZ... je peux... RONF... enfin... BZZZZZZZZZ... me reposer... RONFFFFFFFFFF... BZZZZZZZZZZZZZZZZZ !

LARMES
D'ELFE

Quand je sortis, l'**elfe** me demanda, d'un air méfiant :

– Alors, ***souris***, que t'a dit le Père Noël ?

– Le Père Noël a la rougeole. Il m'a demandé de l'aider à distribuer leurs JOUETS aux enfants du monde entier.

L'elfe s'exclama :

– Quoiquoiquoi ? Il a demandé à une ***souris*** de l'aider ? Je n'y crois pas !

Je lui tendis le parchemin. Il le DÉROULA et lut à voix haute...

Quoiquoiquoi ?

Je charge monsieur le rongeur Geronimo de diriger la fabrique de jouets jusqu'à ma guérison. Je le charge également de distribuer les jouets de Noël aux enfants du monde entier.

Père Noël.

Quand il eut fini de lire le parchemin, il s'écria :

– Sapristi sapristi sapristi ! Je suis **JALOUX JALOUX JALOUX** ! Pourquoi pourquoi pourquoi t'a-t-*il* demandé de l'aide à *toi* (qui n'es qu'une *souris*) ?

J'essayai de le consoler :

– Je suis sûr que le Père Noël place une **GRANDE** confiance en toi et...

Il me tourna le dos.

– N'en parlons plus. Allons à la FABRIQUE DE JOUETS ! Il faut bien que je t'explique comment ça marche, non ?

– Euh, merci, en effet, je n'ai pas une grande expérience des JOUETS.

L'autre soupira :

– Je m'en serais douté. Rendez-vous compte, une 𝓼𝓸𝓾𝓻𝓲𝓼 dirigeant la fabrique du Père Noël !

Je fis comme si de rien n'était.

– Tu veux que je te dise ce que je pense des 𝓼𝓸𝓾𝓻𝓲𝓼, moi ??? Qu'elles devraient rester chez elles à grignoter leur fromage au lieu d'aller voler le travail des autres !

– Mais, vraiment, je n'ai pas vol…

– Et *toi*, qu'est-ce que tu peux bien connaître aux jouets ? *Toi*, une 𝓼𝓸𝓾𝓻𝓲𝓼 ! *Toi*, qui diriges une feuille de chou de province !

– Euh, *l'Écho du rongeur* est le plus célèbre journal de l'île des Souris et…

– *L'Écho du rongeur* ? Ha ha haaa !

Je fis comme si de rien n'était.

Puis je proposai :

– Au lieu de discuter, si on se mettait au travail

pour pouvoir **LIVRER** les cadeaux à temps ?

– Pfff ! Si ça ne tenait qu'à moi...

Je fis comme si de rien n'était.

L'elfe pénétra dans une grande **CABANE** en rondin de sapin. Je le suivis, mais Grassou me claqua la porte au museau !

Je poussai un cri :

– AIIIIIIIE !

Il ricana :

– Oups, excuse-moi, **souris** !

Cette fois encore, je fis comme si de rien n'était.

DANS LA
FABRIQUE DE JOUETS

Nous entrâmes donc dans la fabrique de JOUETS du Père Noël.

Partout, ce n'étaient que des machines travaillant le PLASTIQUE pour obtenir de magnifiques poupées ou des cubes pour les constructions.

Il y avait aussi des machines qui cousaient les vêtements des POUPÉES et d'autres qui fabriquaient des PELUCHES moelleuses !

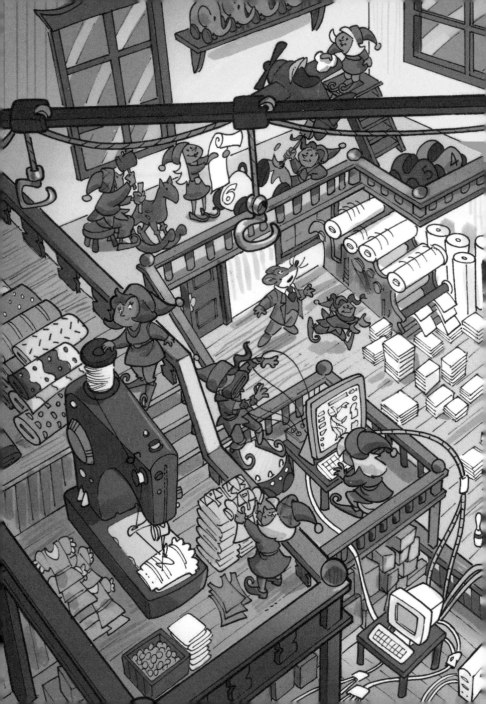

Plusieurs elfes inventaient des JEUX VIDÉO...

D'autres peignaient des poupées de porcelaine et construisaient des PETITS TRAINS de bois comme autrefois : ils sculptaient le bois, le ponçaient, le peignaient à la main.

Il y avait aussi une imprimerie pour les livres !

J'étais heureux qu'il y ait tant d'enfants qui demandent des livres pour Noël.

Je dis aux elfes :

– Y a-t-il plus beau cadeau qu'un livre ?

Les livres vous font voler sur les ailes de la fantaisie dans de fabuleux pays enchantés... Les livres vous tiennent compagnie le soir, au bord de la mer, à la montagne... Les livres sont des amis qui ne vous laissent jamais tomber !

Tous les elfes applaudirent.

– Bravo, Stilton ! Vive Stilton ! Merci d'être venu aider le Père Noël !

C'est alors que Grassou laissa tomber sur ma patte une **TRÈS LOURDE** caisse de bois.

Je poussai un cri :

– AÏÏÏÏÏÏÏÏE !

Il ricana :

– Oups, excuse-moi, souris !

Je fis comme si de rien n'était.

SUR LES AILES
DU VENT !

Après avoir entassé tous les cadeaux sur le traîneau, les elfes me remirent une **INTERMINAAAAAAAAAAAAABLE** liste de noms et d'adresses, mais… Grassou glissa sur ma queue avec le traîneau !

Je poussai un cri :

- AÏÏÏÏÏÏÏÏE !

Il ricana :

– Oups, excuse-moi, 𝒔𝒐𝒖𝒓𝒊𝒔 !

Je fis comme si de rien n'était.

Avant de me mettre en route, je passai voir Greta et le Père Noël et demandai :

– Comment vais-je faire pour livrer tous les cadeaux en *une seule* nuit ? Il y a tant d'enfants dans le monde, il me faudrait *des semaines, des mois*, peut-être *des années* !

Greta sourit.

– Pour tout le monde, cette nuit ressemblera à toutes les autres. Mais pour toi, elle sera très longue ! Tu partiras à **minuit** et tu voyageras, voyageras, voyageras, jusqu'à ce que le dernier cadeau ait été distribué… Le temps s'arrêtera pour toi, tout au long de cette nuit spéciale, pour te permettre de distribuer tous les **CADEAUX** !

Mais il est l'heure de partir, maintenant. Bon voyage !

Je retournai au traîneau.

Tous les elfes me souhaitèrent bon courage, sauf

Grassou, qui s'était CACHÉ pour ne pas me saluer.

Je regrettais qu'il ne veuille pas être mon ami, parce que je le trouvais SYMPATHIQUE !

– Chers et fidèles amis, faites-moi voyager par-delà les mers et les monts, les déserts et les glaciers, jusqu'aux confins du monde. Les enfants nous attendent... En route sur les ailes du veeent !

Les rennes S'ÉLANCÈRENT au galop, en faisant tintinnabuler leurs grelots d'argent, et se dirigèrent droit sur les nuages !

Ils allaient si vite que mes moustaches se tortillaient. Ce fut le début d'un très long voyage...

Je visitai tous les continents !

Des plus grandes villes aux villages les plus écartés, aucun enfant ne fut oublié, car le Père Noël voulait que TOUS soient heureux !

ATTENTION, GRASSOU !

 L'aube pointait quand je déposai le **dernier** cadeau pour une petite fille prénommée Zoé, dans un lointain village d'Afrique.

– Et voilà, Zoé était le dernier nom sur la liste.
Maintenant, j'ai terminé !

J'entamai le voyage de retour.

Je distinguais déjà dans le lointain les lumières
de la fabrique de jouets… quand je remarquai
une tache verte sur la neige : c'était Grassou ! Il
était TOUT SEUL, la mine triste, au bord d'un lac
gelé.

J'atterris à côté de lui et demandai :

– Grassou, tu veux que je te ramène au village ?

Il soupira :

– Non, je ne veux rien de toi, souris, et surtout
pas que tu me ramènes !

Puis il se mit à courir sur le lac.

Mais, sous ses pas, la glace se fendilla.

Je m'écriai :

– Attention, Grassou !

Soudain, la SILHOUETTE verte de l'elfe dispa-
rut, engloutie par les eaux glaciales !

Je me précipitai pour l'aider, mais la GLACE craqua sous mes pattes : scric scric scriic !

Alors je m'allongeai et rampai en direction de l'elfe, qui hurlait, désespéré :

– AU SECOUUUUUUURS !

Je lui lançai une extrémité de ma ceinture.

– Attrape la boucle, mon ami ! Aie confiance en moi, je vais te sauver !

L'elfe attrapa la ceinture.

Lentement, trèèès lentement, je le tirai hors de l'eau et le ramenai sain et sauf sur la berge.

Je le recouvris de ma veste rouge, pour le réchauffer, puis je le ramenai au village.

Greta le fit allonger sur le divan, sous une montagne de couvertures, lui donna à boire une tasse de lait chaud au miel.

Grassou pleurait :

– Pardonne-moi, souris, enfin, euh, Geronimo, mais... *toi*, tu es le nouvel assistant du Père Noël, alors que *moi*, je ne sers plus à rien ! Je suis un elfe INUTILE, voilà !

Il tira de sa poche un gros mouchoir vert et se moucha bruyamment. *Prrr ! Prrr ! Prrrrrrr !*

Je lui dis gentiment :

– Cela ne m'intéresse pas, de devenir l'assistant du Père Noël, *parole d'honneur de rongeur !*

Puis je lui tendis la patte.

– Tu veux devenir mon ami ?

Il sécha ses LARMES.

– Oui, parole d'honneur d'elfe !

Puis nous nous serrâmes la *patte*, c'est-à-dire la *main*, bref, nous devînmes *amis* !

Amis !

Amis !

CHOCOLAT CHAUD ET BISCUITS AUX AMANDES !

Le **Père Noël** et *Greta* me firent asseoir avec eux devant la cheminée et m'offrirent une **tasse** de chocolat chaud et des biscuits aux amandes.

– Comment pouvons-nous te remercier de ce que tu as fait pour nous ?

Je secouai la tête.

– Il me suffit d'avoir rendu heureux tous ces enfants.

Le Père Noël sourit sous ses moustaches.

– Ha ha haaa, je pensais bien que tu ne demanderais rien. Tu es un véritable *noblerat* ! Mais je vais quand même te faire un cadeau... un cadeau qui n'a pas de prix. Écoute bien...

– Je t'écoute, Père Noël !

– Ainsi donc, Geronimo, tout a commencé il y a quelques années. Je m'étais aperçu, en lisant leurs lettres, que les enfants étaient souvent **TRISTES**. Certains racontaient qu'ils se sentaient **SEULS**... *Par mille paquets désempaquetés,* pourquoi faut-il que les enfants se sentent seuls ? me suis-je demandé, MOI.

– Oui, pourquoi se sentent-ils seuls ? demandai-je à mon tour.

Il s'exclama :

– Je vais te le dire : *les adultes ne consacrent pas assez de temps aux enfants !*

Puis il feuilleta un petit livre.

– Par exemple, je vois que... la dernière fois que tu as joué avec ton neveu Benjamin, c'était il y a exactement **1** mois et **13** jours !

Je balbutiai :

– Euh, oui, peut-être... je suis un gars, *ou plutôt un rat*, très occupé et...

Le Père Noël tonna si fort qu'il fit **TREMBLER** les carreaux des fenêtres :

– Mais de quelles occupations me parles-tu donc ?! Qu'est-ce qui est plus important pour toi : le t r a v a i l ou ton *neveu* ?

– Mais mon neveu, naturellement !

Greta conclut :

– Bravo, Geronimo ! Alors prouve-le ! Consacre-lui plus de temps, plus d'attention. C'est de *cela* qu'a besoin ton neveu. Le véritable esprit de Noël, ce n'est pas seulement d'offrir des cadeaux, mais de faire quelque chose pour les

autres, en donnant ce que l'on a de plus précieux au monde : de l'attention, de la véritable affection, de l'amitié, de *l'amour* !

Le Père Noël prit une petite lettre et lut :

Cher Père Noël

Cette année, je ne te demande pas de cadeaux.
Ce que je désire plus que tout au monde… c'est que mon oncle Geronimo passe plus de temps avec moi !
Il est toujours très occupé et je ne le vois presque jamais. Je le regrette, parce que je l'aime beaucoup.
Merci, comme toujours.

Benjamin Stilton

Quand il eut fini de lire, je promis, la
🐾 PATTE 🐾 sur le cœur :
– *Parole d'honneur de rongeur* : je suivrai ton
conseil, Père Noël !

Je savourais ma tasse de *chocolat* chaud et
grignotais les biscuits aux amandes quand...

... QUAND QUELQU'UN FRAPPA À LA PORTE !

... quand *quelqu'un* frappa à la porte !

Je me réveillai brusquement :

– **SCOUIT** ! Le Père Noël... les elfes... les rennes... *par mille mimolettes*, c'est déjà le matin !

J'ouvris la porte et je découvris mon grand-père.

– Gamin ! Que fais-tu au bureau ? Hier, nous t'avons attendu toute la soirée, mais tu n'es pas venu, pourquoi ? À Noël, on doit être avec ceux qu'on **aime** ! ♥ ♥ ♥

Je chicotai :

– Mais, grand-père, c'est bien toi qui me dis qu'il faut TRAVAILLER, TRAVAILLER, TRAVAILLER...

Grand-père gronda :

– Gamin, il est vrai que *je* t'ai dit de *travailler*, mais *tu* exagères ! Le travail ne doit pas voler du temps à ton petit neveu, à ta famille, à tes amis, à ta fiancée ! Parce que je sais que tu as une *fiancée*, figure-toi !

Je couinai :

– Une fiancée ? Vraiment, Patty Spring et moi, nous ne sommes que de bons amis et…

Grand-père s'en alla après m'avoir donné une pichenette sur les moustaches.

– Gamin, gare à toi si tu ne travailles pas… mais **GARE À TOI** si tu travailles trop ! La famille, c'est important, ne l'oublie jamais !

Une fois seul, il me vint une idée :

– *Par mille mimolettes,* je n'ai pas encore écrit mon histoire sur le véritable esprit de Noël !

Donc donc donc, qu'allais-je bien pouvoir **écrire** ?

Hélas, j'étais à court d'idées !

J'essayai tous les trucs qui marchent d'habitude.

Mais aucun ne fonctionna !

HÉLAS HÉLAS HÉLAS !

7 moyens de trouver une idée

1. Prendre un bon bain chaud moussant !

2. Faire de la gymnastique et du yoga !

3. Écrire avec le stylo que m'a offert mon grand-père !

4. Écouter de la musique de Mozart !

5. Se mettre la tête en bas !

6. Modeler de petites étoiles avec de la mie de pain !

7. Ranger mes armoires !

LE PARFUM DES BISCUITS AUX AMANDES

Puis je me souvins de ce que me disait toujours *tante Toupie* quand j'allais à l'école :

– *Le cerveau ne peut pas bien fonctionner si le corps n'est pas bien alimenté ! Prends toujours un bon petit déjeuner le matin, tu verras que tu parviendras ensuite à mieux te concentrer !*

Je me préparai donc un **chocolat** chaud et grignotai un **biscuit** aux amandes...

Le parfum de ce biscuit aux amandes me rappela soudain le merveilleux rêve de la nuit !

Ah, quel rêve !

D'abord le voyage avec les rennes... puis la FABRIQUE DE JOUETS... et les sages conseils de *Greta* et du **Père Noël** !

Je me levai d'un coup et criai, enthousiaste :

– *Par mille mimolettes,* voilà enfin l'idée que je cherchais ! Je vais raconter ce rêve merveilleux, pour expliquer à tous les lecteurs de *l'Écho du rongeur* ce qu'est le *véritable* esprit de *Noël* !

Le voyage avec les rennes

La fabrique de jouets

Les conseils de Greta et du Père Noël

J'avais bel et bien trouvé l'inspiration !
Je me mis à écrire, mes doigts *volaient*
sur les touches du clavier.

Les mots voletaient, légers comme des
papillons, parce que ce que je
racontais me venait du cœur !

Je racontai tout, absolument tout ce qui
m'était arrivé dans ce rêve.

Puis, poussant un soupir
de soulagement, j'écrivis au bas de la dernière
page le mot F i n !

EXCUSEZ-MOI,
C'EST UNE ERREUR !

Je rentrai chez moi et, tout en marchant sous la
NEIGE, je réfléchis...

Je me dis que grand-père Honoré avait raison :
la période de Noël, il faut la passer avec ceux
qu'on aime !

Aussi, je les appelai **TOUS** au téléphone : tous mes parents, tous
mes amis, tous mes collaborateurs de *l'Écho du rongeur*.

Je vous invite
tous chez moi !

TOUS

TOUS

TOUS

TOUS

TOUS

Je voulais me faire **pardonner** d'avoir été impoli.
À tous, je dis :
– Excusez-moi, j'ai eu tort ! Il est vrai que je suis un gars, ou plutôt un rat, très occupé !
Mais dorénavant je trouverai toujours du temps pour vous, parce que *vous* comptez beaucoup pour *moi* ! Je vous invite tous chez moi, venez avec vos amis et vos parents, nous allons faire une grande fête, parce que aujourd'hui, c'est le 25 décembre, c'est *Noël* et il est bon de faire la fête ensemble !
Ils acceptèrent tous.
J'étais très heureux.
Puis je réfléchis.

Je réfléchis réfléchis réfléchis...

Je réfléchis réfléchis réfléchis...

Je réfléchis réfléchis réfléchis...

Il devait y avoir des **centaines** d'invités et j'avais très peu de temps devant moi !

Le réfrigérateur était VIDE... je n'avais pas de décorations de Noël... je n'avais pas acheté le moindre cadeau... bref, je venais de me fourrer dans un beau pétrin !

Je pleurnichai, très inquiet :

– *Par mille mimolettes, je n'y arriverai jamais !* Il est

impossible de tout organiser en si peu de temps. Pendant que je réfléchissais, la sonnette tinta :

Dring dring drinnng !

J'allai ouvrir la porte…

NOUS SOMMES VENUS T'AIDER, GERONIMO !

Une surprise incroyable m'attendait : devant chez moi, au 8 de la rue du Faubourg-du-Rat, je découvris une FOULE de parents et d'amis !

Ils criaient en chœur :

– Nous sommes venus t'aider, Geronimo ! **NOUS SAVONS QUE TU AS TANT DE CHOSES À FAIRE...** mais tous ensemble, nous allons t'aider !

Chacun proposa de faire quelque chose :

– Moi, je vais à la cuisine préparer les *entrées* !

– Moi, je vais mettre dans le four des lasagnes au *saint-nectaire* !

– Moi, je vais préparer un gâteau au *roquefort* !

– Moi, je vais mettre la *table* !

– Moi, je vais allumer le feu dans la *cheminée* !

– Moi, je vais décorer la *maison* !

– Moi, je vais décorer le *sapin de Noël* !

Chacun choisit une tâche, chacun m'aida à organiser cette merveilleuse fête.

Ce fut vraiment une fête assourissante, le meilleur **Noël** de ma vie.

Je portai un toast :

– Chers amis, merci de m'avoir aidé à comprendre que je m'étais trompé.

Puis je mis ma **PATTE** droite sur mon cœur.

– Merci pour vos cadeaux. Quant à moi, je vais vous offrir quelque chose qui ne s'achète pas dans les magasins. Quelque chose qui réchauffe mieux le *cœur* qu'un pull en cachemire, qui brille plus qu'un luxueux bijou, qui fait battre le cœur plus que toutes les **surprises**. Je vais vous donner ce qu'il y a de plus précieux au monde : *l'amour véritable* !

Je vous donne mon *cœur*, débordant d'affection.
Et désormais, je vous consacrerai plus de
temps, parce que j'ai compris qu'on en
trouve toujours pour ceux qu'on aime !
J'écartai les bras.
– Meilleurs vœux à tous les rongeurs et à
toutes les rongeuses du monde, parce que *la vie
est belle, le monde est merveilleux… et je
vous aime tous !*

DE LA NEIGE, DE LA NEIGE ET ENCORE DE LA NEIGE

Il y avait maintenant trois mètres de **NEIGE** dans les rues !

Il n'arrêtait pas de **NEIGER** !

Je remarquai, inquiet :

– On n'a jamais vu une **CHUTE DE NEIGE** pareille à Sourisia !

J'allumai la **TÉLÉVISION** et, tous ensemble, nous écoutâmes en silence des informations dramatiques. Toute la ville des Souris était sous la neige ! Les enfants et les personnes âgées avaient des difficultés à sortir, parce que les rues étaient **BLOQUÉES** par la neige !

Le museau du maire de Sourisia, Honoré Souraton, apparut sur l'écran.

Il annonça d'un air **GRAVE** :

– Citoyens de Sourisia, pour résoudre cette crise, j'ai besoin de l'aide de chacun d'entre vous ! Je vous demande de sortir dans les rues pour nous aider à déblayer la neige ! J'ai besoin de l'aide de tout le monde, je le répète : de tout le monde ! La ville est bloquée, les ambulances ne peuvent pas circuler. Mais **ensemble**, nous allons y arriver !

Mes amis et moi, nous nous regardâmes dans les yeux, puis, comme une seule souris, nous nous écriâmes :

– Allons-y ! Notre ville a besoin de nous !

Munis de **PELLES**, nous nous mîmes à déblayer la neige.

Il faisait très froid et nous étions très fatigués.

Nous déblayâmes pendant si longtemps que nous ne sentions plus les *muscles* de nos bras.

Le soir, enfin, les rues de Sourisia étaient débarrassées de toute cette neige !

Nous fêtâmes cela en dégustant du *chocolat* chaud, en bavardant et en riant, heureux.

J'embrassai Benjamin.

– Euh… *ma petite lichette d'emmental*, je te demande encore pardon. Mon travail m'a beaucoup occupé, mais désormais, je te consacrerai plus de temps. J'ai compris qu'aimer, cela signifie *donner*, offrir *non seulement* des cadeaux, mais *aussi* et *sourtout* de l'amour ! Et cela signifie *s'engager*, faire quelque chose pour les autres !

Mon petit neveu Benjamin *s'illumina* :

– Oh, oncle Geronimo, tu me rends vraiment

heureux ! C'est le plus beau cadeau de **Noël** que tu pouvais me faire !

Nous nous embrassâmes et nous promîmes que nous nous aimerions *toujours, toujours toujours toujours* !

Ce fut un **Noël** merveilleux, le meilleur de ma vie. J'avais appris tant de choses… par exemple, que je devais trouver plus de *temps* pour moi et pour ma famille.

Le *temps* de m'amuser avec mes *amis*, que j'avais si longtemps négligés !

Le *temps* de me consacrer à mon *petit neveu* !

Le *temps* de réfléchir à ce qui compte vraiment *pour moi* dans la vie !

Mais aussi le *temps* de *rêver*… car, parfois, les rêves nous aident à mieux comprendre la réalité !

Mille
idées
pour ton
NOËL !

Pommes de pin scintillantes

Matériel : *pommes de pin, gouache de couleur or ou argent, poudre dorée, ficelle, pinceau.*

Ramasse des pommes de pin tombées à terre et époussette-les avec un pinceau.

 Peins-les avec la gouache de couleur or ou argent.

Avant que la gouache ne soit sèche, fais tomber dessus un peu de poudre dorée en pluie, pour que les pommes de pin brillent.

 Prends un bout de ficelle et attaches-en une extrémité à la base de chaque pomme de pin.

Accroche les pommes de pin sur une branche de ton sapin de Noël.

Demi-lunes parfumées

Matériel : *3 oranges, ruban rouge ou vert.*

1 Prends les oranges et demande à un adulte de les couper en tranches fines, puis de couper celles-ci en deux, de manière à obtenir des quartiers en forme de demi-lunes. Laisse-les sécher sur un radiateur pendant 5 jours.

Quand les demi-lunes sont bien sèches, demande à un adulte de faire un petit trou dans le haut. **2**

3 Prends un petit bout de ruban et glisse-le dans le trou, puis noue-le de manière à obtenir un anneau.

Accroche les demi-lunes sur ton sapin de Noël, elles parfumeront toute la pièce d'un délicat parfum d'agrumes. **4**

Décorations colorées

Matériel : *boules de polystyrène, graines de diverses couleurs (lentilles vertes, haricots rouges, grains de maïs), colle, vernis transparent, ruban rouge, pinceaux, long cure-dent en bois.*

1 Pique une boule de polystyrène sur un cure-dent, étale la colle sur la boule, puis colle dessus des graines de la même couleur, en les serrant bien les unes contre les autres. Laisse sécher.

Vernis la boule avec le vernis transparent. Laisse bien sécher. **2**

3 Retire le cure-dent et entoure la boule de ruban, comme pour fermer un paquet, en laissant environ 10 cm de marge.

Prépare de la même manière plusieurs boules avec les autres graines et accroche-les au sapin. **4**

Étoiles luisantes

Matériel : carton jaune, ruban adhésif transparent, poudre argentée, petit moule rond, petit moule en forme d'étoile, crayon, ciseaux à bouts ronds, ruban rouge.

1 Prends le moule rond et, avec le crayon, trace son contour sur le carton jaune, puis découpe-le.

2 Avec l'autre moule, dessine une étoile au centre du carton jaune.

3 Avec les ciseaux, découpe l'étoile, en laissant sa forme vide dans le rond.

4 Colle du ruban adhésif au dos du carton et découpe ce qui dépasse. Sur la partie adhésive restée à découvert (grâce au vide en forme d'étoile), fais tomber un peu de poudre argentée.

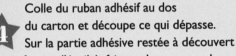

5 Demande à un adulte de faire un trou en haut du carton, puis accroche l'étoile au sapin de Noël avec un ruban rouge.

Ronds de serviette de Noël

Matériel : *rouleau de carton (tu peux recycler celui du papier absorbant utilisé pour la cuisine), une bande de tissu rouge, une bande de tissu vert, ciseaux cranteurs, ciseaux à bouts ronds, colle.*

1 Prends le tube de carton et, avec les ciseaux à bouts ronds, découpe des anneaux de 5 cm de largeur.

Avec les ciseaux cranteurs, **2** découpe des bandelettes de 7 cm de haut dans le tissu rouge et colle-les sur les anneaux de carton.

3 Toujours avec les ciseaux cranteurs, découpe des bandelettes de 2,5 cm de haut dans le tissu vert et colle-les au milieu des anneaux recouverts de tissu rouge.

Avec les ciseaux à bouts ronds, découpe des cœurs dans le tissu rouge, puis **4** colle-les au centre des bandelettes vertes.

Sapin marque-place

Matériel : *carton vert, feutres de couleur or ou argent, crayon, ciseaux à bouts ronds.*

Dessine un sapin de Noël stylisé sur le carton vert, en recopiant celui qui se trouve ci-contre. Avec les ciseaux, découpe le sapin en suivant les contours.

Avec le feutre, écris le nom d'un invité et une petite pensée, par exemple : « je t'aime beaucoup ! » ou bien : « tu es plus tendre que les petits-suisses ! »

Plie en deux le tronc de l'arbre, de manière à obtenir un socle permettant au marque-place de tenir vertical.

Boîte de Noël...

Matériel : *boîte de carton, gouache rouge, verte et blanche, pinceaux, éponge, papier-calque, crayon, carton, ciseaux à bouts ronds, vernis transparent.*

 1 Sur le papier-calque, recopie le dessin du renne ci-contre et le dessin du sapin de Noël de la page précédente, puis reporte-les sur le carton.

Avec les ciseaux, découpe le contour **2** des dessins, jette la partie centrale et conserve la partie extérieure, pour créer un pochoir.

 3 Place le pochoir du renne sur le couvercle de la boîte, et colorie l'intérieur avec l'éponge imbibée de gouache rouge.

4 Place le pochoir du sapin sur un côté de la boîte, colorie l'intérieur avec l'éponge imbibée de gouache

verte. Reproduis le dessin plusieurs fois sur chaque face de la boîte et laisse bien sécher.

 5 Avec le pinceau et la gouache blanche, fais des dizaines de petits points blancs autour du renne et des sapins, pour imiter la neige.

 6 Quand les couleurs sont bien sèches, étale sur toute la boîte une couche de vernis transparent et laisse sécher.

... à surprise !

Matériel : *feuille de papier type parchemin, un feutre couleur or, un ruban rouge.*

 1 Avec le feutre, écris sur une feuille de papier une lettre à la personne à laquelle tu veux faire un cadeau. Voici ce que Geronimo a écrit pour son cousin Traquenard :
« Cher Traquenard, du fond du cœur, je te souhaite de passer un joyeux Noël, plein d'amour et de paix, avec toute la famille ! »

 2 Enroule le parchemin, noue le ruban rouge autour et place-le dans la boîte que tu as décorée !

Centre de table gourmand

Matériel : *corbeille en osier, bloc de mousse sèche pour fleuristes, pommes, oranges, citrons, cure-dents en bois, branches de sapin, branches de houx.*

Remplis la corbeille de mousse sèche. **1**

2 Plante des branches de sapin dans la mousse sèche en les tournant vers l'extérieur, comme sur le dessin.

Prends les cure-dents et pique un fruit sur chacun, à la base. **3**

4 Prépare les branches de houx pour qu'elles aient toutes la même taille.

Plante dans la mousse les cure-dents avec les pommes, les oranges et les citrons, puis ajoute les branches de houx. **5**

Biscuits de Noël

Ingrédients : 275 g de farine de blé, 75 g de beurre, 100 g de sucre, 1 œuf, 1 cuillerée à café de levure, 3 cuillerées à soupe de lait, sachets transparents pour aliments, rubans de couleur.

DEMANDE À UN ADULTE DE T'AIDER !

1 Dans un saladier, mélange la farine, la levure et le sucre. Ajoute le beurre en petits morceaux et pétris avec les mains.

Dans un bol, casse l'œuf et bats-le avec une fourchette en **2** ajoutant le lait. Verse ce mélange dans le saladier, pétris encore et laisse reposer pendant une heure.

3 Étale la pâte sur la table, puis prépare les biscuits en te servant d'un découpoir en forme d'étoile. Demande à un adulte de les faire cuire au four à 230° C pendant 20 min environ.

Laisse refroidir les biscuits, et remplis les sachets ! **4**

Mon livre de Noël

Crée un livre unique, dans lequel chaque année tu noteras comment, où et avec qui tu as passé le jour de Noël !

Matériel : *un grand cahier, carton rouge, feutres de couleur, colle, crayon, ciseaux à bouts ronds.*

1 Sur le carton rouge, pose le cahier ouvert devant toi. Avec un crayon, marque le contour du cahier et découpe le carton. Colle-le sur la couverture, de façon à en recouvrir tout le cahier.

2 Sur la couverture, écris, avec un feutre, le titre **Mon livre de Noël**. Décore-le selon ta fantaisie, en dessinant ou en collant des images de Noël.

Date........... En compagnie de....

....

Nous avons joué à...

....

MA FAMILLE

Le moment le plus beau...........

Chez...........

....

3 Remplis le cahier en racontant tes émotions, des épisodes amusants, le menu de Noël. Puis colle des photos, des dessins, des cartes de vœux et tout ce qui pourra te rappeler les Noëls passés !

LE VÉRITABLE ESPRIT
DE NOËL, C'EST...

Faire la fête avec ceux que l'on aime !

*

Avoir une pensée particulière pour ses amis et ses parents !

*

Consacrer plus de temps à ceux qui en ont besoin !

*

Apporter du bonheur à ceux qui se sentent seuls !

*

Renoncer à quelque chose pour le donner aux autres !

*

Réfléchir sur les choses les plus importantes de la vie !

*

Apprendre à rêver les yeux ouverts !

L'esprit de Noël devrait rester dans ton cœur
pendant toute l'année...

... comporte-toi chaque jour comme
si c'était Noël !

TABLE DES MATIÈRES

Geronimo Stilton

DANS LA MÊME COLLECTION

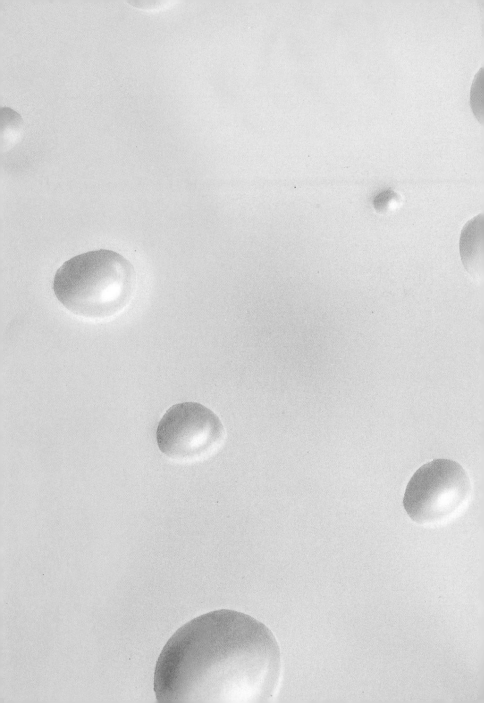

L'Écho du rongeur
1. Entrée
2. Imprimerie (où l'on imprime les livres et le journal)
3. Administration
4. Rédaction (où travaillent les rédacteurs, les maquettistes et les illustrateurs)
5. Bureau de Geronimo Stilton
6. Piste d'atterrissage pour hélicoptère

Sourisia, la ville des Souris

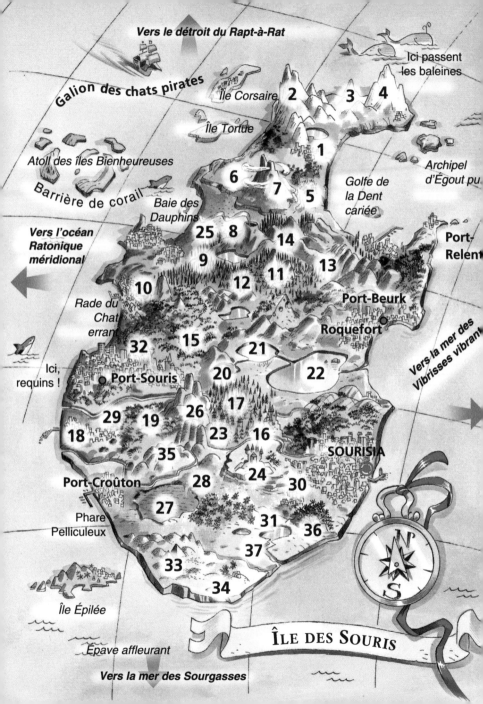

Île des Souris

Au revoir, chers amis rongeurs, et à bientôt
pour de nouvelles aventures.
Des aventures au poil, parole de Stilton, de…

Geronimo Stilton